午後，你目睹一盆黃金葛
之憂鬱，春之墜落
鄰居陽台及其氣窗上的年代
攸關起居，室溫
此外盡付徒然

窗外幾度了？
聽說一件大衣剛被製好

此刻，我們充滿了
非法的意念，
因爲彼此盜版的靈魂
以及屢遭私闖的心

代序：夜車

1.

我們縱走時間
的背稜，夜燈
鋪寫爲描金的虛線，
靜思的長歌
地平線的光，
犛破了寂寞的硬痂
前方更深處，
有騰空的意念
間歇湧動

2.

車票對嗎？那些聲音
是時間的嗎？
誰的睡意靠著我？
誰在等我？
月光的味道如何？
我們經得起夜蝶的撞擊嗎？
怎麼樣的抵站表情？
與她究竟還距離
多少個車身？

3.

其實我想說的是在離開的那個夜裡視
野扶著地平線前進在與妳背道而馳的
速度中意會了遠方細緻的肌理手心有
陌生的呼吸在壯大我卻不再悲傷於沒
有一盞妳列位其中的燈一窗窗架滿的
時間是賦別的格式懸掛著飽含暗喻的
雨珠往詩的脈絡而去其實我想說的是

4.

何處是通往晨曦的路？

有人對此提問，
我在壅塞的時間裡
默默翻查釋疑，
夜色卻將方向溺斃其中
風的衣角颯颯而過，
暗示了無以挽回的速度
祂說：生命只顧著離開
世界只是星星的光

5.

列車靜靜穿繞，
撥散了霧霾的障蔽

一種義無反顧的遷徙，
雖然時間的衣角
仍很濕很黏

6.

夜自窗外殞落，
妳在我的夢裡更深了
時間的車道上，我們
安穩異常。沒有什麼
值得的事了，
燈暈以及昏沉的搖晃
這樣的起伏

能否直達清晨？

7.

像一捆被暗中織就的毛線
愴然若失地不知該如何收尾
睡意抵達了終點，
世界仍是毫無節制地柔軟
對著命運的病徵，欲言又止
於是要奮不顧身了嗎？

目次

困難的是時間

目次

困難的是記憶

困難的是時間

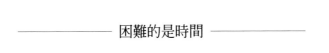

時間又瘦了
一如曾所在意之事，
相繼成爲了浪的留白
不想說的不再想說的……
故事已提到最後的漂流木
與不具延伸性的午後

樂園——我們的部隊已撤防至停業的夢中樂園

「敬啓者：我們尚未決定
以何種方式撤離，是否
帶著傷勢不輕的記憶，
能否如期趕上自己的婚禮……
時間仍擱在小說折頁裡，
那些未完的情緒，日漸遙遠的古典
那些靜候中的盆栽、維他命
和杯緣上久違的日常
世界便敗退於此了，
最後被神親近過的樂園
空轉的摩天輪與拋懸的小丑之歌

天候未明，局勢已定
獨角獸沿著光的虛線而去
不回來了，或許再也不會
夢的小徑失去了入口，
沒有領取的郵件沒有回覆的愛
窗外是無以爲繼的風景，每一種
孤獨皆完好如初。文明的色澤
緩緩暗下，語義衰微了將軍更老了
所有的痛楚已陳舊不堪
我們清理節節敗退的意志並談及
那唯一可供守候的戲劇性離去——
馬戲班的遷移或由大霧掩護
或爲晨露中幾則神秘的背影
此刻指節沾滿懷疑之氣味

魔術師的斗篷裡空無一物了，
而我們終究被留在了原處……」

石榴

然而寂寞的隱喻恆常在側
當世界放棄了抵抗，
妳的沈睡是一種片面的衰老
在我的夢裡靜靜完成，
一滴未及時洗去的石榴汁
佔據了時間的衣角
如霧如秩序之瓦解，那些
暈漬而出的不安，那些
未曾流露的距離感——
妳微調的髮色，新換的植栽
妳拍賣的物品暗中結標了
室內滋生著離開的聲音
窗或者沈默的餐具
這是另一個垂危之夜

鎖匙懸在情緒的邊緣
未完的對話被風扇輕微揚起，
幾經複寫的無法透過語言的
此刻是額外的空隙，
記憶的觸感正緩緩流去
被留下的是過期的處境
過期的旅行計畫過期的默契……
「情節至少恢復了。」妳說
並間隔著連日堆積的陰影，
如一滴意外濺出的石榴汁
表面受潮了，愛情便已鬆動
這是不甚甜意的季節，
一切突然酸澀了起來
我整理一日之線條

關於妳的仍未換洗，散落於地
是無關的子句。我們是
城市裡一滴輪廓不明的愛，
滲透於生活的暗流
當妳拎著昨日醒來，又將
延續共有的語氣：「記得
罐頭」「魚缸要換水了」
「午後可能有雨」

前中年書

聽說一些事情不再回來了
也聽說其他許多
時間依舊每秒一格
此刻是久遠以前的多年以後，
體內過多詮釋不足的剩餘
容易逾期、過敏，
嫻熟於失敗與傷後之處置
世界突然成爲了僵局
不時誤入意志的窄巷
不時在新的路口遭遇舊的告示，
誤點的事故的過站不停的……
所有去處皆爲重複的視野
生活依舊每秒一格
必須更勤於鍛鍊慣用的字句

必須更適應換季，
日子漸漸鬆垮，像一件
太常送洗的紀念衫
無法挽回消失的觸感，
一切隨時可能是最後的了
更可能有未告知的其他許多，
在攻守互換的下午
認眞整理那些遙遠的窗台
和一直延後完工的夢，
記憶如何鋪設通關密語
如何每秒一格一格後退
並且不發出聲響？
本日狀態不明，手邊是同一幅景致
偶有飛鳥帶走了什麼

有些被看見有些則不，
終究到了敘事待轉區，
開始校準理解事物的姿勢
關心日照，很快就光色耗盡了
很快就走遠許多，
此後是如果沒有的總有一天，
深感已不能即時復原的愛與種種，
在透明而寧靜的距離中，
清點未曾確認的失去
那些不克前來或無故缺席的
這樣了嗎？或仍需等待？
落葉更晚了，季節不斷增訂語法
晨昏起落一格一格……
而明天將是另一張合照，

總有人告知：靠近一點
再右邊一點，可否直視前方
別忘了微笑

遠空

開始忘了某人的遠方
開始不再讀報，手邊的海浪
已不構成完整句型，
候鳥撤離所有的訊息
此刻適於書寫而澄澈透明，
天空重新成爲深邃的隱喻

似乎沒有辦法

借閱的書要到期了，
兩本古道圖鑑和終究無法
註記的《非洲商務指南》
似乎沒有辦法讀完了，似乎
沒有，時間的積塵廣泛且深
離題的夢的碎屑被光一一叼走
每日晨起，旅行又遠了一步
新聞談及相同的事
我們的內閣，我們的民意
很久之前的部分同樣沒被解決
卻一直另有發生，
租金簽帳稅捐善款……
入不敷出的愛，
像城市各患部暗置的霧狀灑水器

定時定量，被知道，被忘
一則一則失去了療效，
風景的接榫都脫落了
未完的詩歌永遠不能，
似乎無法等到一通完整的來電
能提供解釋，似乎沒有

靜坐——與愛情靜默於時代的中心

秋的意念自雨中走來
彼此的憂傷碎了，積塵更深
情緒的往返更久一些，
窗外列車穿過憂傷的色澤，
動盪的意識，我們到過與始終未及的
記憶恢復於天空最遠的一端
離開了又回來：關於愛的理論與實踐，
關於淡忘的紀念日及某些神秘的淚水
周圍盡是無可轉圜的語氣
無人掌權的時代意義之外，
我們復被時間圍觀著——

藏書、字跡、杯緣的茶垢
舊日理想正輕輕衰微，
所有消失都找回各自的理由
每日緩緩熄滅，彼此
靜候對方的表態

我們有一些情緒

每日晨起，有物沈積
我們有些多得的情緒，
夢不能延長嗎？
城市不能再好了嗎？
窗外是一幅反覆擦拭的景致
沒有色澤沒有修飾的氣味了，
將是一個可以預期的週三
——交通會議簡餐一些些
頑抗和無以折讓的等候
這是另一失敗的週二
日曆填滿每回小小的死亡，
氣候遲遲無法斷定
雨季來過了嗎？
候鳥是否取消了航程？

當最後一盞夜燈告別了
彷彿背對一整個星系，
我們不免有些多餘的情緒，
關於久候未至的信件
與節節敗退的情愛，
髮尾長了，寂寞更深遠了
世界正單方面前去，永恆一如
晨霧，一種未設邊境的遠離
生活僅一步之隔，門外
往返著匆忙的年代
被禁止跨越的被告知請勿逗留的
記憶不斷相遇後消逝，
被害者與被愛的人
同時穿梭於城市的胸腹，

某些欺謊在時間的夾頁
與孤獨交會，某些傷楚
倒臥於光之暗處……
陽台一直有未乾的晾衣
以及更多不值得醒來的事，
詩句收尾了嗎？
所有的承諾中斷了嗎？
晨起後，我們總有過多
收拾不淨的情緒
而陽光是唯一理想的問候

在台北道別

然後我們尾隨年久失修的
時日淡出，在記憶的
軸線上，靜靜翻轉身姿
寂寞如詩，空曠無痕的間距
一如夢中的花與夜鷹，
城市是最後的懸念
不曾落下的雪，所有不再
推開的時間暗格——
一些透明的傷，昨日之截角
彼此褪色已久而不易收納的輪廓
光被稀釋了，我們開始
習慣暗下來的語言，
各自行經街道的筆直和蜿蜒
能否就此道別了，此後

能否只是練習寒暄……
當喧嘩已盡，一日熄滅
窗外是無法整除的夜，
而窗上佈滿了新霧

聽雨日

和雨更近了
城市不再荒涼、無助
有人遇見假寐的車廂、騎樓
午後之夢及久未謀面的情緒，
「需要嗎？」「你也
看了昨日的氣象？」
所有進展湧入了句號
我們亟待成爲某一則留言，
不再倉促不再依約前往
廣場被空了下來，
積水細訴著寂寞的平衡
雨更近了，
彼此靜候一個無法離去的理由
未完的點餐，疏隔已久的

理想的來電……
世界被寄放於光的折射之中，
神秘的瑣事穿越雨縫而至
我們突然有了植物的色澤，
安穩，和平
互留致予遠方的信箋
「讀過這些雲層了嗎，
能否轉述風的語意？」
整個下午只解釋雨季的背景
時間都續杯了，
此刻僅是等待：天黑
以及另一段號誌

剩下我一個人了

於是剩下我一個人了，
巷底左轉，昨日已無音訊
整個年代遷往透明的遠方，
手邊是陸續被退回的信——
數枚易碎的風景，部分荒蕪
與晴雨間漂泊之午夢
我逆光翻讀記憶的細紋，
下一路口，隨即粉碎於指尖
新的污染源，新的沈默
遺忘和道路被一致拓寬了
生活在號誌裡被反覆提及：
這樣／不能／不如這樣
漸漸有巷弄自城市裡淡出
而時間的雨勢每每洗去

那些錯過與懷抱過的舊址，
通訊錄上一無所獲了
每一轉角之後，皆爲故事的尾聲
此刻過於短暫，不宜懷念
所有的問候一如沉靜無眠
而等待去留的積塵。風不斷吹來
孤獨者的秘語：前方請勿通行／
嚴禁喧嘩／錄影中，請微笑……
當空白鍵一再延長，我攤開
早已折舊的內裡，沿途跌落了
無法醒來的夢，積欠甚久的愛
與零落的晨昏

深海魚——車途有感

似乎就靜下來了，
意識的大洋深處，平整如常
念頭是昨日的，情緒是昨日的……
一切仍處之淡然，沒有什麼
來不及的也無一值得言說與定義
時間露出了疲態，洋流遠了
鯨豚之夢已甚久未提
在我們缺氧而無邊的城市，
憂患下沈了懸念下沈了
保存期限下沈下沈著……
在無眠的建築或反覆行經

的路途中，成爲永恆的嘆息
當理想和航海寓言一起退化
於沈默的車陣，我們微弱光閃
一如纖細敏感的深海魚，
爲了每一種駛離而輕微哭泣
彼此鄰近又間隔著空曠的黑暗
低溫，遲緩，周圍盡是未具名的遠方
還有多少里程，多少陌生的病徵
哪個轉角過後是另一艘沈船……
此刻我們是醜惡而良善的，
在記憶全面瓦解之前，
穿越沒有界線沒有輪廓的海域
試圖遇見新的物種，以及
另一種輝煌

植物園東

才遲了些，清晨已撤得好遠
時間的藤蔓狀，在一座虛無中
增生繁衍。天空很靜
沒人知道多了那些細節，
寂寞繞過樹縫而來，城市開啓了業務：
運輸，採購，補給，地鐵與我無關地
出入意識，憂傷的氣根四下埋伏
邊境是綠，漆光且柔潤
境外充塡著機械的撞擊，負傷的聲音
沒人走進此時，此時沒人留意
許久我靜默如一株冷僻的蕨類，
只有自己不斷從回聲中走來
夢的碎殼折返於生產線上，
有一首詩被孤獨地完成

那麼應該都很美好了

應該都很美好了，
夢裡窗明几淨，櫃架上是
整齊的折舊之記憶：
輪廓，指紋，呼吸的回音
世界會完整地醒來
昨日是剛洗好的舊衣，
靜靜疊入時間的皺摺
那些無法過季的孤獨那些
來不及一起愛上的……
公園的灑水器緩緩升起，
城市露出了光澤，景致溫柔明亮
所有的情緒重新擦拭，歸類
我們候車、徒步、點餐
遇見完美的雨勢，

背誦每一路口遠去的角度
或於各自的折頁，
規劃另一件組合式家具，
並爲其命名。積塵更少了
沒有什麼將因而耽擱，
寂寞恢復了景深
希望我能好好地消失，
而一切都在原處

寂寞的聲響

寂寞的聲音是樹，
是風穿撥葉隙
和一則沙沙暈晃
的留言：「放晴了，
適合遠行。」
之後被吹起的衣角
之後的碎步、迂迴
之後空轉的風扇，
無人知曉而空轉的我，
記憶正窸窸窣窣著
可有可無的一切
你說寂寞的聲音是霧
盡處是空白的遠方，
一整座靜默之晨，

時間虛線以待
沒有旁白，沒有
告別的痕跡
水杯靜止於對話之中
書信裡未續的斷句
仍兀自作響，
寂寞的聲音是窗外
隱隱顫動的景致，
清脆的光，獨語
的夢的殘局，
晨露中是反向的昨日
而一切始終困於室內
及其重複的聲響

共識

我們一起離開了酒館，
聚會草草結束
我隨妳一起返家
性愛，一起談論日常
一些時局，一些傳言
明晚又要飛了，
妳提及和他結識於一趟長途差旅
聊焦慮症和他的妻子，
後來在遙遠的商務旅館
一起無言地性愛。他說
她是舊識，一起在教堂禮拜
一起在教堂性愛
久別重逢卻再無衝動，
一起安靜交往，一起籌備婚禮

一起睡覺，關心氣象
最後一起安靜地別離
她和牠生活，做簡單的菜
偶爾一起性愛。牠和祂
也察覺了世界的變化
很多念頭與一些輕微潰裂的什麼
祂看顧著僅存的溫暖
它是運氣，它是奉勸
是他和她，和他和妳的性愛
所以我們認識，一起
聚會並且一起性愛

札幌

時間無聲地落下
世界退至雪線之外，
所有的光跋涉至此
針葉林梢開啓了秘密的文明
——如何竊取指尖的記憶
如何將永恆封藏於冰露
夢境被延長了，這是沒有
邊界沒有輪廓的此刻
你想像失眠的幻獸
以及沒有故事的結局，
整座積雪是天使的練歌場
而我們極其溫暖地
預支下一陣孤獨

散步

又經過了巷口，
而日子僅只從旁路過
陽光裡的訊號斷斷續續，
（詩集積水的那一頁，消失的髮尾）
複寫的問句，在塵霧中飄零待解
記憶是一份失敗的旅遊指南，
所有的出發都在等待回程
此非適於散步的一季
日照深長，缺乏夢的延展
與換氣的暗示（突然站在敘事
的轉角突然發現偶爾無風）
你徒步穿越情緒的暗礁
遭遇了，迴避了
身後不時傳來雨的消息

巷內已無故事的前言，
空心的停車格，空轉的遠去的痕跡
神秘缺號的門牌，在寂寞的深處
忽暗忽明。似乎可以重新懷念了，
未完成或缺頁的日常（密碼鎖、
折扣季、餐食的熱量與保存）
這是不再相遇的城市，
彼此距離了無數則預言
此刻是無法步行而至的遠方，
你在持續喧嘩的靜止之中，
褐色透明。時間開始有了
相信的理由：昨日之犬往裡而去，
巷底又深了一點，並隱隱
閃爍著世界的總和

中環

於是誤入了夜之迂迴
在時間虛設的防線內，
抄寫易碎的夢之子句
關於理想的晨昏，
和一個秘密漂流的年代
此刻睡意全無，
城市隱隱擴張邊界
星群迫降的流言，已往街道蔓延
有人涉嫌採集獨角馬的行跡
有人暗中想像第一萬個路口，
地鐵偷渡著昨日微光，
譬如憂患的深淺與情愛的宿命
變速，輾轉，下一站中環……
皇后大道的窗鏡裡，守候了

無數生之意象。一切靜如盆栽
新品種的花，座落於雪廠街外
我們經過的街，反覆備註的街
是不是該就此道別，
是不是已在最後的夜晚？
一隻夜蝶掀動著明日
的輪廓，而我始終沒有
遠去的方式

紅柚

你熱衷和習以爲常的
你勉爲其難和不厭其煩的，
你貪圖美好而不被理解
你說愛情是有所期待的紅柚汁
而微糖去冰是最好的距離，
你寫信卻避免承諾
你遞出了留言卻未曾署名，
你所顧及和你所忽略的，
你的起居，食慾，幸運色
你的病史和閱讀的姿勢……
你站在離我一個暗示的距離，
你佯裝孤獨，並假設
對一切毫不知情

橄欖

寧靜無害的，你說
寂寞是一截多出的午後，
神秘的換氣。時間
以理想姿勢告別了一切，
這是欲言又止的季節，
郵差等候自己的信，
旅人翻查失去的路口
記憶在永恆的邊緣，迂迴試探
還有多少情緒的斷句，
或多少已在恢復之中？
日子仍倦著雨著賒欠著
轉角之後沒有新的暗示了，
單人座位，單人份餐
一通電話僅顯示某一去處，

城市如期展開了擁抱
我們的聲音、形狀、色澤
光源一如既往靜候著知覺
距離是被愛著的，離開
不等於孤獨，妳說
並輕輕滴落了橄欖花葉

事件

天空醒了，
逐次解開夜霧的惺忪
風之後，呵欠之後
時間開始有人經過
鐵捲門啓動骨節啓動關係啓
動按鍵啓動傷口啓動啓動愛
昨日早已自身上褪逝，
隔壁的隔壁順勢將窗戶攤開
視野凝爲一道葉落的軌痕
輕輕看見了我，
影隙之外，晨光在等著
下一個被擊中的人

三月

到了三月，窗外
鋪滿驚蟄的獸意
時間在調節換頁的姿勢，
不斷有人悄悄走過
我們的指甲都來不及修剪，
來不及作最好的盤算
氣候動盪不安，室內
進行著意志的磨難
有人經營政變，隨即
又往記憶投遞
這裡的憂鬱普遍很深

四月

一切都安靜了下來
季節，政權，所有的線條
表情深刻了，開始
聽得見風的輕重緩急
世界簡化為換葉的情緒，
沒人在此計劃離去
時間撤走了蒺藜
我們藏身而入，
街弄，通訊，秩序
故事的枝芽，延展如翼
四月，肉身的過渡
彼此的號誌都在掩飾通行，
下個轉角是命運的契機

靜午

山谷還沉澱著
昨日的回聲，
世界盡是雨的刮痕
午後的夢的迴旋，
時間最沉默的部分
落於雲停之處，
視野凝成了水露
身影將碎裂其中，
然後有風

在倫敦寫信

而我已淡忘來處
窗景更換了語系，
延伸不止的藤蔓與昨日之霧
被忘在時差的深處，
記憶還有幾個小時才會……
這是無需翻譯的午後
沒有鄰近的地鐵站
和預約的餐桌，鴿群
啣去故事的碎屑
陽光自攝政街外走來
如潔淨無痕的十四行詩，
轉角之後每每是秘密泛光
的韻字，關於酒館
的命名，關於裘德與露西

的愛，以及被重複想像的陣雨
天空恢復了景深，推開門
便是一頁新的古典
隔一座文明寫信
字句被唐寧街十號的政治
反覆打斷，這已是遠方
午茶杯裡盛著一場大航海時代
糖分與孤獨盡皆沉沒其中，
我開始提到了自己，
開始省略緯度、距離
和行李中的另一座城市
日常於胸口淺淺流動，
有人說初夏的音訊輕如草絮
有人透露雨後積水裡

充斥不曾被描述的小徑……
女侍爲我續杯了此刻
一切埋藏了如歌的暗示，
而一封郵址清晰的信件
始終未獲寄出

在東京相遇

或者是晨霧中
一頭假寐的鯨，
或者一場尚未證實
的花之暴動，
或發光的房間……
我們即將相遇，
在城市的空白處
理解彼此的孤獨
備忘之外的車速之外的
未經梳洗的永恆之隱喻
你說，春雪將至
生命有一秒的縫隙，
風裡傳來神秘點播歌曲
淺草月台上，一些

被挪出原位的夢，
正交換著音訊
你還提及久違的詩歌
與不克前來的銀河列車
在春雪瞬刻，一秒後
各自又返抵平靜的窗前，
等候生活穿越如常
等候下回透明的暗示
午睡之中的陰影之中的
最後你說，我們是零星
的盆栽，在反覆修剪
的同時，一起等候
城市的草原

秋葵

然後時間不再回信了
昨日被迫停靠上一個街口，
夜之酒館持續大霧
我們擁抱彼此輪廓，
談論終將消逝的一切
關於髮色、地址與季節的甜度
而愛恨沒有多餘的回音
燈暗之前，就已是秋天了
窗外仍有不願老去的聲音
一些未領取的留言，或者
不再紀念的時日……
此夜是一碟新煮的秋葵，
氣氛黏稠，口味偏甜
我們意圖聆聽所有多角

而歧義的心，細數城市的疲憊
荒廢的星空已恢復了營業
所有難處將漸漸好轉，
重返窗前的第一幅景致，
反覆堆砌了有跡可循的修辭：
豐盛、明媚、和煦

夏初

世界澄澈如鏡，
洩漏了時間的指紋
泛黃的笑意於逆光中
翻閱，與風平行
以回憶的速度前傾
草平面又上升了一吋，
天空還在擴張
每道窗外都擠滿了
起飛的慾念，
突然你感到身後
也稍稍伸出了翅翼

過彎

是一件沒有趕上的行李
（多慮的藥水、不安的大衣……）
是遲未領取的掛號信
（那些早已淡忘的郵戳）
時間過了山彎而後山彎，
世界沿途卸下了世界
是一張遙遠而熟悉的辦公桌
是層巒疊嶂的業務風景
是抒壓植物、茶包、超商兌換券
是億萬次複寫的愛與被愛
記憶過了山彎而後山彎，
沿途卸下離心力與生活的輪廓
是一些轉載而來的城市留言
是許多不再來的問候與轉身

是沒有人的樂園與擁擠的巷口
你過了山彎而後山彎，
卸下來自明日的雜訊
是無法遏阻的一首歌的完結
是終將不再來的解釋
此刻如雨霧色的琥珀時光
過了山彎而後山彎
過了山彎而後山彎……

模糊

山中有霧，
釋放了飛鳥的行跡
針葉自枝梢離席，
死生就此切斷了聯繫
遠處有一支歌
拾級而來，穿往
光的入口，小徑的尾聲
靜謐竊走了所有的影物
步伐被輕輕舉起
誰的呼吸棲止於肩，
又是何處的詩意
正在旋騰而起？

車過陰日縱谷

準雨日午後，
天空收攏如一枚緊實的露滴
所有的穿越是風，曖昧而含蓄
像一種無法壞毀的虔敬
通往心底隱喻的小鎮，
遠避而來的酸楚與痛
是拋卸在後的影子，是忘
呼吸之中有植物遠近的音樂
溪河的處境，農作的養成
細節不斷飄浮……
世界彷彿已不出於此
我們幾次觸抵情感的深處
神話的距離僅只於一陣草葉，
此刻美好如流淌

的名姓，瑞穗玉里鳳林壽豐
池上鹿野，溫柔和善
憂傷突然靜止下來
一切留在了寬容裡面，
持續往前

現在

時間輕輕盛開了，
像一首新鮮的田園詩
你說你偷換了字韻，
你說的是最重要的事
這是適合遠行的午後，
微甜，無雨，薪資緩漲……
誤送的包裹裡是一本
《革命與愛情》——
暗號演練，覆誦彼此的問句
窗外不時有一些離開與到來，
你說了幾件夢裡的事，
你問列車是否通過了？
換季之前，我們已熟記
對方的洗衣標籤

水星時光

時間棲止著
世界已遠遠之外，
逸離航軌的敘事裡
我們音訊全無，
回程的記號中斷了，
漸弱的地址、習慣、職務……
深沈而鐵質的愛
所謂孤寂是永恆的證物
昨日之夢的完美藏身處，
（那些沾有神秘光澤的擁抱
和允諾）星塵鋪落於肩，
無人管轄無人留言的時態，
文明稀釋了，秩序推遲了
身後是集體告別的星系

我們持續談論愛情，
（該如何記載該如何留下
彼此的輪廓）在一枚僅有
的水露裡，漂流爲
宇宙深處的事

未來——車過台二線之夜

或許我們正前往將來，
在寧靜無憂的車途中
重演彼此的文明，
這是草木虫豸，
這是久蟄的消波塊，
這是高速透明的愛……
持續向世界學語
每一道風景皆爲恆久詞彙，
時間是身側的潮浪
正輕擊薄霧裡的神秘琴鍵，
漸遠的行事曆，漸近的日常

一則新的故事開啓了，
想像有雨，想像夢的船隻
抵達夜的岸上——
那麼就此遠行吧
車內是一幅微縮宇宙，
沿途光源如生之脈動，
說明了哀愁喜樂的明暗
說明了記憶的蜿蜒曲折，
我們在暗自延長的里程，
詮釋最喧嘩的孤獨

公寓春光明媚

昨夜至少各樓有夢
懸念推門而入
離開的聽說另有其人，
晨後春光遼闊
牆縫終將生成犄角，
公寓是呼應共生的室內樂
速率是絕對的
愛恨等速並行，
永遠有人來得及
在故事裡換氣，
「不回來嗎？」「今天在嗎？」
「多說些他的事。」
水草色的時間
被折疊於傾斜的桌腳下，

此刻無人，記憶的格局蔓生枝節
陽台的盆栽自成宇宙，
光影翻動中的年歲
更深了，並且緩緩起身
積累一種寬慰與秘密的溫柔，
當景物持續異動，
各樓窗外仍爲城市
的總和，而遙遠之外
擁擠擁擠的生命，
至少保有了寄件備份
與失物招領處

困難的是記憶

風吹得像一則寓言，或近或遠
有貓啣去關鍵的字根，
世界的行蹤頓成大霧
看不見的遠方，看得見的彼此
而時間一句一句落下，落下
落在無人醒來的摺頁裡

上午：辦公室裡無人應答

早安，昨夜是否如願
透露著甜味？
夢裡仍否風光明媚，
不時徘徊金屬色澤的留言？
而我們從城市舊夢中
反覆醒來，醒來
相信永恆之晴日，不願帶傘
懸浮的情緒，在胸口忽暗忽明
是愛與詮釋，是透明無害的念頭
此刻辦公室裡無人應答
電話鈴聲暗示了出發在即的旅程，
想起一部沒看完的東歐電影
想像一段秘密戀情……
時間是逐秒細數的溫柔

自多肉植物的葉緣，滴淌而下
桌面成爲最後的草原：
一份午餐企畫，一張通往宇宙深處
的假單，螢幕停靠了遠方的雲，
更遠的日子隨後傳眞而至
我們等候花之晨會，
等候一首陰影的旋律
此刻的愉悅和寂寞，無人應答
窗台棲鳥看顧著沒有雜質的天空
窗面是淺淺的故事的積塵，
而斷裂的蟲之薄翅上
秘密載錄了今後的待辦事宜
與一幅完整的快雨時晴

遊牧民族

遠方天氣大好，
雲脈遷移你的思緒
往山背而去
是否有類似時刻
讓你對方向有所遲疑，
（再仔細想想）
多轉了彎或多停頓一次
譬如某個充滿挫敗的醒來（
你想離開）又譬如某段
瑣碎而倍感寂寞的相遇（
你又想到離開）
有念頭自鼻樑湧動起來，
（一幅六百度近視的夢）
關於一種失落已久的綠

關於逐水草而居，
在下個噴嚏之前揣摩它，
在噴嚏之後震碎了它（現實
的塵灰如此多）
你知道確有幾次機會，
彷如神諭，深深地穿入
事情不同以往，栩栩如生地
嵌置於習慣之間（生活，
職業，甚至情愛）
遠方當時特別寬厚，風特別大
吹得你的心，隱隱傾向
草澤沃野之地
（天氣在那邊似乎很好）

雨林

終於碰觸到自己
木質的邊緣——
塞滿整個夏天的廣告信
在時間裂口轉身的傢俱，
兀自茂盛的盆栽
節奏鬱滯的水草……
受潮的生活，正在
大肆呼吸著你
遠遠地，造成巨響

城市之光

——卓別林的／我們的

於是你備妥了光，細細纏繞醒來的舊日
像一座時間默允的宇宙，
秘密看顧最後的溫柔（那些沒有
讀完的夢、無法結束的留言）
你並未想起偶陣雨預報，
列車晴朗地穿越城市的內在
每一離去皆能遇見來向的光，
百萬人次洶湧的會晤，偶爾流淚，
冒險，孤獨，兼及一切誤觸之小徑
這是城市，因為是僅有的城市
可以摺入南歐旅遊導覽可以暫且稀釋

於續杯咖啡裡，但請務必帶走
你知道會有更多死亡更多失敗的遠方……
而我們仍展開胸膛，一如澄澈、透光之草葉
善良地愛人，單純地欣喜若狂
耗費所有運氣，聽聞一趟完整的換季
世界不免曲折如故，而我們一貫
禮讓候鳥通行，將延宕的工事
誤讀爲一首意涵深遠的詩
每當衣物過季了，便返回久未途經
且已然消瘦的午後（空懸的信箱空轉的遊樂場）
橫越巷彎和另一種呼吸，橫越
二十四小時便利的愛與被愛
我們露宿時間末梢，等候世界的復原——
「記不記得那天」「看星星好嗎」「親愛的，

對不起」「不會有那麼一天的，相信我」
這是城市，看得見的城市
夢之回音被反覆詮釋，有人選擇
不再來的什麼，有人終究值得相信與暗示
在久違的一日尚未抵達之前，
各自盤旋，爲了一道切合題旨的折光

雨勢

於是你想起多少
與己攸關之細節——
固定車班固定兩分鐘遲到
固定的乾燥衰老及其必要之耽擱，
（匯款單戀切邊三明治……）
於是你空出了關節和意志
時間的支脈，靜謐有光
被沖刷了的短巷、午茶、
窗邊的開花植物，某些
耽擱的步伐某些漂流而來
的回聲與哀愁，於是懸念著
於是你在完美的雨勢中，
靜靜想起了自己

遠端——上班族午夢掔丁

再過去是海，
再過去是鄰近的遠端
飄浮而柔軟的明日，
漂浮於南灣的辦公桌通訊錄
綜合待辦事務……
再過去是海及其呼吸
沒有菸味沒有情緒的積塵
記憶的潮浪往返如歌
那些鯨豚般的夢，那些
不斷於會議裡錯過的光
和沒能唱完的歌……

再過去是寧謐，一種
難以企及的遠離，不必經過
孤獨和擁擠，無需批核
我們安心地荒廢於灘岸上，
爭辯風的來向
時間恢復了知覺，
身旁是完整的天空
此刻流露著避世的腔調
不想解釋的、來不及說的
相繼鍵入成詩，
再過去是夜之繁華了
再一點點的放棄，再一些等候
被秘密留下的風鈴聲
便就舉著光，尾隨而至

新氣候

——公園廣場某晴日晨起

忘了離開所需多時
醒後又通往下一個明日，
午後的雷雨特報，今晚的配湯
灑水器之歌一如宇宙
深邃，飽滿而饒富哲理
夜之小徑已匿跡於夢的彼端，
憂傷落於遠遠光年之外
一切安好如初，
來電，郵件，口信……
錯過的記憶皆已復返
一如重新遞回的老歌，輕觸指節

沒有什麼在轉角之後的了
新氣候的輪廓清晰可辨
偶爾溫柔，偶爾光潔如鏡
路樹釋放著季節的秘密
時間靜靜落下，節奏是
等候寄出的信節奏是
初擬的企畫案節奏是
剛抵達的詩句節奏節奏……
我們經過陌生的彼此，
天空此刻深藍如語

秋光

會有一些雨勢
因而認眞地孤獨，
適合聆聽倒影
適合計畫寫信給某人，
日子漸漸好轉，
忘了很久的句子
幾乎被想了起來……

陳怡君

親愛的怡君，
妳們是否都還姓陳？
阜部八劃，夾敘夾議
音訊自生活的岩縫中走漏
世界提早改變了初衷，
不若以往單純，直述
妳們能否無恙，散居各地
溫順學習度日的方式——
關於生命及其引申，
譜系，與情感的進度

妳們還在春天結黨成社嗎？
爲一首詩感到年輕
爲遙遠的男孩而憂心忡忡，

多年後，卻受困同一話題中
沒有一道光貫徹命運，
或者遺漏在細碎的
遷徙之中，或成爲了塚

親愛的怡君，妳們
在晨曦的身邊相繼醒來
一日命格之初啓，迂迂
迴迴，耗費更多的解釋
後來妳是教員；擅長金融訴訟；
接受媒體專訪；固定週三看診……
妳是詩人的，模特兒的
花束、高屏的。在日常
的某個斷層，走入二年丙班

尚未剝落的時光之漆，
妳們都還年輕，不必
憂傷不必妥協，並且
不曾想像許多許多年後
時代存養的頹危

所有的怡君，妳們互爲
時間的留言——如何涉渡
災厄的週期，如何在茫茫
穿越之中，獲悉彼此的履歷，
病症與愛。妳們仍舊姓陳，
慣常起居作息，某日
終將發現輾轉他處的怡君，
正以另一種姿勢，

與自己對信

王志偉——那晚，我們都提及了他

王志偉，在一起那麼久
竟然第一次過情人節：（
你寫的卡片雖然簡短
我還是哭了，記得你說的話喔：）

……繼續閱讀

謝謝你們的驚喜，
怡君、俊隆、勝鴻、小滑、畢董
瑪歌、筱婷、信傑……
特別是王志偉

……繼續閱讀

對王志偉抱怨一下午
生意、時事、氣候
盆栽開不出花，店裡沒啥客人……
他沒說什麼，這樣很好
日子還很久，離職前
還有時間想足夠的話題

……繼續閱讀

王志偉對我很好，不過我對他更好
如果未來跟男友相處，可以像跟他這樣就好了
希望尼能找到適合的女生……別再回頭看ㄌ……

這樣我會心疼ㄉ……我們是那麼好的朋友……
好到睡在一起，尼都沒興趣ㄉ……

……繼續閱讀

不知該如何面對妳
想在這裡說清楚……
過去我跟很多男生在一起
而王志偉是唯一讓我用過眞感情的
後來我試著喜歡女生，
直到現在又遇見了他
怡君、對不起

……繼續閱讀

王志偉心機很重，很壞
欺負好人，愛演戲
自以為可憐，小氣，固執

……繼續閱讀

沒想到她喜歡王志偉！
好好笑……XDDD

下一篇：我們的愛情

寄出——首發車有感

或許是最後的了，
時光輕盈地抵達前額
關於尚未前往和必須前往
的名姓與住址，生命
是一首徹夜完稿的詩
在光之車廂裡，如夢
蜿蜒。下一站
的風景，被提前想起了
上一站的寓意仍尾隨而至
窗外或晴或雨，或許
可以是最後的日常

彼此互換座位與眼神
在某個站台，神秘地道別
突然有人就哭了
突然有人聽見昨日的回聲，
時間前行，我們是陸續
寄往城市的匿名信，
爲了遇見永恆的花季
與偶有出沒的記憶之幻獸
或許是最後的了，
當我們抵達時光的邊緣
每一出發皆爲僅有的音訊，
可以急切而敞開了胸膛
可以溫柔並且備妥了來日
起初，如果每每總是

候鳥季

雲的輪廓很深，如積雪的岩岸
不帶情緒地捻熄歸航之記號
他們委身於風，行經寬闊的倦念
啣著孤寒而來，卻在時間中失去了席次
偶爾聚攏成詩，天空便收斂了許多
悲傷是逐層滲透的，陰天線條很鈍
適宜鍛鍊啓程的意志。雨勢猶豫，
沿途有記憶等待雪融的暗示

質感

急雨後的都城，
惡之湍逝
猶豫被中斷了，
此刻不再有抵抗
的聲音。時間
幽微地掠過，
某些敏感
某些清晰，
窗退開了
彼此遙遠地靠近，
澱積，折光，
黃昏之娩，葉落
深邃而遲久
晾乾雨具，漸漸

你認出了什麼

近況

一切如此健康篤定
世界安安靜靜，沒有什麼
是過於繁重，也並不值得
消逝或慶幸。氣候冷靜了下來，
馴良，淺顯，偶發寂寥
突然我感到清潔——
大風梳洗，天空如鏡
時光悠緩而過，每一處環節都在
重新表態。城內還保留妳的舊址
五十七號三樓，附音樂傢俱
昨日的空格已然租售
純良細緻，限女性。一趟
單人航班，正細細穿越著
意識的領空。每日我始終晨起

熨衣，盥洗，練習每日
妳輕煮咖啡的步驟和語氣
窗邊有物，生之醒轉，
室內又堆起時間的線頭
帳單，問卷，今日的飲食
「是否還在意卡路里，是否
按部就班地離去？」
房間維持一貫的口吻，記憶的原狀
這樣很好，不必太常整理
十五坪的愛的規格，通風採光
抽屜有相同的意涵，藥櫃有重覆的憂患
未歸還的詩冊歇在妳的折頁
信箱又不斷積滿彼此的細節，
偶爾我遺失一枚昨日的指紋

翻查索引卻遇見無數曖昧
與優柔，地毯上是咳嗽和角質
盆栽自角落呼息所有，
關於以妳爲繼的敘事
關於篇章以外的枝微與末節，
陽光邊，窗台如是想：
「如何在誤點之間，將衣架上
的背影，褶入行李？」
此時近況甚佳，並已換季
一切正好都能得到安頓

遞減的——探病有感

所有的離開都有了眉目，
防線是遞減的，仁慈是遞減的
楊枝甘露，一切將復原如常
窗外是植物熟絡的聲音
漸漸漸漸，交通又洗去世界
的本質，每一號誌皆為
往返寂寞的間隙，「敬請快速
穿越並勿觸及左右之來者」
所有的離開，音訊杳無
癌群竊據了細如靜脈之午後
荒蕪輕輕覆蓋，命運是

最後一則被隱瞞的病情，
沒人告知死亡的意圖
沒人領取送洗的衣物，
有人自病中醒來，
我們始終透露著睡意
忠誠是遮滅的，教養是遮滅的
善意、況味、閱讀，信件同樣
節制著，那些剛抵達的多久以前
的事，那些被隨即扔棄的……
天候未定，彼此症狀不明
多義的體內的宇宙，
剝落的光，某些否認被不斷留住
而時日總能繼續

隱性

承諾是隱性的
寂寞和花開的同時是隱性的，
憂傷覆於昨日之上是隱性的，
食慾、觸感、期望值……
而你的隱藏，如此巨大

房間之歌

夢一直沒換，
窗裡只有整夜的倒影
你知道天會亮得很快
你更希望有人提前談論起自己，
牆面有指紋零落其上
可見與不可見的
如一座失語的河床，
燈在慣常的亮度，習於有物隱然
習於失去每日衣物的折痕，
此刻被一秒一秒省略著
時間突然空曠了起來
來不及擰乾的故事
正滴落著重覆的字句，
你想像有人自門外走過

並想起某些無以挽回的承諾
你陸續收到塵絮寂寞廣告訊息……
始終未有等候中的信，
而窗面僅有的雨漬
已是上一季的事

獨處

光線輕聲埋入腳邊
此刻已達孤獨的適溫
日子醒來之後，沒有重大改變
閒置的插座，鎖孔，
被淡忘的性與幾件不甚關聯的事
時光安靜地換頁
室內的纖維清晰可辨，
昨日的味道還在冰箱
昨日是沾手的油墨，
一截一截在世界的硬碟裡
昨日昨日，等待搜尋

與自己獨處，房間巨大了起來
光陰的色差，有物折疊其中

格局，擺設，情緒
如何的深信彼此，多少
虧欠和孤獨的部分？
被留下的情節很深，
是陰暗，是未曾發出的簡訊，
放空的衣架

窗外盛開著一盆城市
晴時多雲，沒有什麼必須被完成
開水喝了很久
某些事在自然痊癒，
陽台仍淺淺接收著文明
新聞插播和午餐內容之外
的一切獲得了控制，

而明日，明日總會一起
姍姍來遲，直到
郵差帶來之後的去處
電話通常也會響起

細節

單純地醒來，不特別感到
愉悅或頹喪。沒有病痛
沒有烤好的土司，這是清晨
規格一致的清晨
消瘦，乾澀，面無表情
（曼哈頓開始了擁抱，倫敦
的夜燈正試圖穿過急雨）
你安靜地盥洗，淨除昨之異味
因過度擁擠的遠方因即將到來的
空泛的問候，多漱了一次口
（而錯失花開及窗面斑斕的光紋）
時間是誤寄的電子郵件
刪了它又得到了它，
（世界正美好地困惑與誤失）

你小心翼翼維持存款和脂肪
在一客商業午餐裡，揣摩記憶之口感
忘了的、變質的、棄之不顧的……
（水杯裡有天空和一則神秘的微笑）
故人已去了又回，地址舊了
回信的念頭仍擱在寂寞深處，
某些保存期限被靜靜地越過，
易開的甜蜜、不易回收的愛
一切將被稀釋於另一場睡眠
（而未接來電始終等候著）

顯性

頁面中斷了，
故事完成一種神秘的離去
那些經營甚久的
語氣、知覺、態勢……
是最後被留下的折痕，
此後時間充滿了
以你爲名的懸疑

午後

此刻的夢，孤獨而健康著
沒有色澤沒有人沒有突兀的景致，
孤獨而健康地流過你午休的時光
沒有留下什麼。此刻的夢
是昨日的剪報、果茶、停車位
是一直無法觸抵的小說結尾
你知道將會如何你知道什麼並不會有
此刻的夢只是安安靜靜，
在會議之前，充滿哲學意味
而惆悵地告別

爲著不曾有過的孤寂

——距離城市不遠的窗前

剩下一株她給的植物了
時間於葉面焦躁不安，
記憶鬆動了，或已在離開途中
哪些又重複了孤獨的記號？
文明進度依舊，晴雨往返
新的意識不斷與己無關地遷入，
成爲新的住址、新的隱喻
我秘密抄誦最後的溫柔
像一則誤植的陰影，語義未明
而不被提及。城市很近，
所有的等候卻遙遠如常……

「妳能否感到每日午後的
悲從中來，或僅輕輕遺忘？」
窗外是華麗的沈默
每一路口皆通往更深的回音，
那些沒有歸還的書，那些
不曾有過的情緒的毛邊
咖啡又續杯了，寂寞
正走往下個音節的此刻

夏天悄悄離開的時候

球季到了尾聲
夏天悄悄在離開的時候
對白提前說完了，
必須設想更多解釋
以抵達夢的入口，
（調閱陸沈的星體
並演算古老信仰之術）
時間無法覆述了，
座位是不確定的
習慣是不確定的，
秋颱來了又走，被留下的
是迴旋不止的哀愁，
我們排練最後的表情
在熟睡的湖面

擱下神秘的留言：
可以做的不可以說的……
當初的口號皆已鬆動
日記裡全是空頁，
此刻天使遠離熟知
的航道，沒人記得
桌面剩下了什麼

殺人篇

1. 有人在大賣場開槍

——美國中西部一大賣場之九死五傷之槍擊案

有人決定在大賣場開槍
聽說是你交惡多年的ㄏ，
爲了反覆誤食的謊言，
因提前下架的愛。那是另一
安和靜好之午後，無夢無礙
無多餘的憂傷的配額，
我們獨立於各自困境
彼此距離一整座城市，
在情感層層堆疊並等候逾期的貨架上，
時間是一枚虛無的罐頭，

被寂寞完美地擊碎
沒有故事沒有水果口味的歌，
聽說ㄏ來不及左轉巧遇
久違的自己，而走道盡處
是衰微的時光……

2.有人在公司收到炸彈郵包
——法國巴黎一律師事務所之一死五傷之郵包爆炸案

霧走了，時間剛好離開
所有被等候的情緒，
仍在途中，經過正換季的樹，

經過最後一則晨間事件：
「工程延宕，敬請原諒」
一切都差了一點，未完成的謠言
未獲提示的漂流與孤獨
每一往返皆語義鬆散，
偶爾錯失一個路口，偶爾
成爲某種消失——助理K
的勒索信、律師Y的離婚協議書……
又一星系完成於
城市脆弱的部位，遠方不斷
傳來憂鬱的聲響，秘書W
仍等著無人投遞的郵包

3. 有人在網路預告殺人
——日本秋葉原之七死十傷之加藤智大殺人事件

我們讀取了留言，
最後的暗示拘謹如詩
一如永不墜落的夢，
穿越沈默的系統沈默的愛……
時間靜止在黑暗的稜線之上
沒有什麼是無可存取的，
我們站立於花開的一側
想像死亡是樹，想像一個
沒有困惑沒有孤獨的午後，
靜靜分食彼此的血肉靜靜共舞

記憶恢復良好的體態，
並且離開一切，「實在太酷了，
加藤先生。」能否成爲一則
永不斷電的隱喻，能否
這樣留言給世界？

一切（終將消逝的）

後來日子也老了
時間是不再被擦拭的窗，
遠方已輾轉失去消息
寂寞的色澤更深了
我們在選票揭曉前睡去
被微感地震驚醒，
面對蒼白的風景，一貫情緒地
回信，關於被愛與孤獨
關於秘密遷徙的花季，
而夢裡盡是傾斜的口吻：
候鳥就地解散了，文明
搭乘末班車離去，革命隊伍
尾隨游牧人尋找新的草原
畢竟城市也老了

沒有足夠的字句談論末日，
深夜印刷廠趕製永恆的最後一頁
而明日仍漂流在遺忘的海面
生活是透明無聲的選項，
晨昏、愛恨、喜怒
可遇不可求，可燃不可燃
每一轉身皆爲洶湧的告別
聽說我們也老了
未完的盛宴已無法前行
黃昏佈滿了鏽斑，
有人在吸煙區互換公理與睡意
有人將戀情設定爲螢幕保護程式
意志休眠之際，倉皇閃現……
故事的輪廓漸漸微霧，

理想的歌聲提前撤防了
我們總是相信往後不會有雪，
少年沒有赴約，而彼此胸膛
積滿沈默的易碎物

有雨

往後幾日有雨，
情緒不再易乾、易於解釋
衣物換得更少了
和一些不得不多繞的路，
明天提前起霧

遠方擱淺於來途之中，
有人只剩輪廓
有人的袖口遲遲無法乾燥
時間將軟弱如水窪之倒影
靜靜禮讓所有的離去，
靜靜我們於騎樓下
等候某人未至

大寒

午後，季節的斷弦
遠方旋律盡數漆落，
妳面對窗框，數算候鳥的行跡
卻始終聽不見自己拍翅
的回音。彼此的交談失溫了，
視野困在轉角之前
所有的顫抖都刮除不盡，
所有禦寒的配備也都運不過來
我翻閱相同的情緒，每日
每日，構思越來越遠的風景
然而越來越近，誓辭停頓爲書籤
遺落在句型僵硬的某頁
陽光如一首無處發表的詩，
記憶紛紛出走，房間不斷變瘦

我們只能持續賴床，
門外晾著一件永遠
曬不乾的地圖

熟悉

你其實沒有忘記，
並且避開了車潮和雨勢
空無一人之午後，
開鎖需要多一些力氣
你想耗費的時間，是否
還在？等候，迂迴
信箱沉默地應答：
最新光碟目錄／全館八折起
抓漏補土／三房兩衛兩廳
電話帳單／前男友的信
……／……
光的剝落／一座城

察覺

秋裝昨夜已悄悄上架
時間又枯了一層
而關係依舊，城市
處之泰然，沒有多少人
察覺，憂傷和涼意
究竟有何抵觸？
行程還在繼續，氣氛
卻更動了質料
也沒人發現此刻的
擁擠，並不厭煩
街景是過路的執據，隨即
被忘進某件送洗的外衣
草莖都長了，確有
掩蔽暗自擴散著

沒有激動，沒人寫詩
的狀態，重點僅止於
明日的陰晴

下午：雨中受困不前的車陣

1.雨裡

時間的眞相水落石出了
被雨勢中斷的戀情
被迫漂流的日常，
我們是一首無以爲繼的歌，
在受潮的午後，惶然空轉
「是否就此放棄了？」
「是不是等天氣好轉？」
城市像一件乾了又濕的襯衫
持續等待合身的晴日，
前方號誌不明，寂寞甚深
那些無論如何必須前往的，
相繼關上了窗，在積水的

頁面，成爲另一種句型

2.
菸灰

雨季的尾聲了，
車內僅剩一幅無聲的宇宙
你節制對白，完成孤獨之排練
尙無點播給你的歌
記憶在菸灰裡乾燥不安，
昨日已是一場延宕的工事
你獨自穿越多雨的夢境
違規左轉遇見最後的情人，
你想起無人等候的日子

並想起曾相信高架橋上
有過銀河的倒影

3. 紀念

誰的來電未接了，
誰仍在等待？你反覆
確認隨身之疲憊、
過敏原、遺憾與悔悟……
車外未有新的花開
手邊盡是衰微的旋律

4. 還有

還有一場遙遙無期的旅途，
還會有另一陣雨和壅塞的哀愁
還有幾件尚待理解的失物，
幾則過期的預言和來不及兌換的愛
生活仍在視線邊緣
不斷有人翻修時間的細節，
還有一些靜待擦拭的窗景
一些必須重複寄出的信

5.
告示A

馬戲班已遷往地圖邊陲
的未命名小鎮——沒有尺規曆法
音韻沒有多餘的詮釋

6.
海岸

那是早已完成的天空
我們各自尋找停靠的方式，
城市的側影更深了
落葉紛紛擊中彼此的思緒，
那是不再來的想念

以及無法沈默的告別，
所有問句被忘在失修的窗台上
我們都是最後離席的人，
通過時光窄仄的路口，
繼續趕往即將封閉的海岸

偶爾

偶爾這樣想起，
當所有人一起紅燈右轉
時間的違章建築上
你們被小心翼翼地提及——
佚失多年的地址，
落鎖於記憶暗層裡的情緒的毛邊
都好嗎？彼此又隔了新的憂鬱，
一些新的戀情。熟識的店面
皆已老去，經營不善的理念
待售的傷楚……
世界並不適用太多捷徑
如果只是妄論、辯駁
如果只畏於基本的孤獨
城之邊陲有聲隱然，

昨之躁動，昨日的餘光
偶爾靜定地想起
並於建築的背影中回信，
那些被留下來的，深深淺淺
是否值得懷念與不安
「怎麼開始的」「還能多久」
生活的訊號每每中斷異常，
你們耗費多少沈默或語言
驗證夢的氣韻，情節剝落之後
窗外一面輕霧，微雨

偶爾，偶爾觸及
語意相仿的午後，體態輕盈
老式配樂盤旋如革命前的溫柔

夢裡我們慣於孤注一擲，
所有不能節制的延宕、允諾
與離開前的忐忑等種種
難以重新詮釋的愛……
都好嗎？即便已鮮有轉圜
當時光的截角逐次裁下
當一切沿著虛線，悄悄
被限制出境……

後來的

——多年後再翻閱祖母遺物

後來時間折疊於室內
最角落裡的靜默，
碎布，印鑑，禮金簿
死別是陰影中淺淺細細
的某些離去，如塵
如記憶一貫的坦然，
「皆已是遙遠的了……」
昨日是剛換的壁紙
微熱，豐腴
下一章節自窗外被重新提及，
悄悄恢復的日常，

菜價，匯率，之後的天氣
一切仍在學習，生命的輕重緩急
相片裡的人又都老了一歲，
有了更多愛和意圖
稜角清晰的街巷，巷底
途經的夢的尾聲
「那僅僅如此而已……」
每日有新的光澤，植物的開落
天空之下，積塵一如濃蔭
我們身後偶爾有雨，
雨中是存在之必須

失守

海鳥在岩岬上，疲倦地
驗算去夏的潮聲
消退的岸線，瑟縮
而翻白的記憶之海，
時間攀著雁群的尾翼南下了
身後有冬的腳步聲，反覆踟躕
大霧堵塞了星星的航道
疏漏的漁火，旅人破碎的視野
遠邊燈塔在播送撤防的訊號，
世界又將聚攏回詩的
飽暖之內

薄荷

午後，貓步的光
窗台上的等候，或深或淺
一切懸而未決著，
遠去的傳聞又自巷底折回：
如何收摺一件共有的小事
如何解釋永恆與此刻的距離，
聽說再來是雨了
時間進入另一種修辭，
你整理最後一首詩
解散重複的景致，
可回收的或可燃於夢的
周圍意外傳來離開的回聲……
記憶輕聲細語著，
被移動的家具，昨日的愛情

薄荷氣味淡了，種種消失
皆已成爲上一季的事

言寺
56

作　　者　達　瑞
總 編 輯　陳夏民
責任編輯　達　瑞
封面設計　萬亞雰
內文版面　達　瑞

出　　版　逗點文創結社
地　　址　330 桃園市中央街 11 巷 4-1 號
信　　箱　commabooks@gmail.com
電　　話　03-335-9366
傳　　真　03-335-9303

總 經 銷　知己圖書股份有限公司
台北公司　台北市 106 大安區辛亥路一段 30 號 9 樓
電　　話　02-2367-2044
傳　　真　02-2363-5741
台中公司　台中市 407 工業區 30 路 1 號
電　　話　04-2359-5819
傳　　真　04-2359-5493

製　　版　軒承彩印刷製版有限公司
印　　刷　通南彩色印刷有限公司
裝　　訂　智盛裝訂股份有限公司

ＩＳＢＮ　978-986-96094-6-3
定　　價　350 元

初版一刷　2018 年 4 月
初版二刷　2021 年 3 月

Printed in Taiwan

國家圖書館出版品預行編目（CIP）資料｜困難／達瑞 作 .── 初版 .
── 桃園市：逗點文創結社 2018.04　192 面；12×17 公分（言寺；56）
ISBN 978-986-96094-6-3（精裝）　851.486　　107003567

幾哩外有人寄出了信
有人哼出新的旋律，
世界正於同一平面上
盥洗等候解題採購
睡眠呼息若有所思
觀望想念……

記憶的岸線忽明忽滅
有人總提及什麼，
有人意識裝潢的改變
離開的暗示正漸遠，
漸弱，時間的裂隙，
自動修復著

氣氛自夢的周圍
開始滲漏，還差一頁
就是封底了。時間
提早將我醞釀完畢，
用天色暗示缺口
的位置